# Ó Am go hAm

Futa Fata

*Do mo chara is mo leathbhádóir, Máire Ní Choileáin: Patricia*

Foilsithe den chéad uair in 2021 ag Futa Fata, An Spidéal, Co. na Gaillimhe, Éire

An dara cló © 2022 Futa Fata

An téacs © 2021–2022 Patricia Forde

Maisiú © 2021–2022 Lauren O'Neill

## Foras na Gaeilge

Tá Futa Fata buíoch d'Fhoras na Gaeilge faoin tacaíocht airgid.

Thacaigh An Chomhairle Ealaíon le forbairt an leabhair seo faoina scéim Maoiniú Deontais do na hEalaíona.

ISBN: 978-1-910945-75-9

# ó Am go hAm

Patricia Forde a scríobh

Lauren O'Neill a mhaisigh

Futa Fata

Leabhair eile sa tsraith seo:

**Ar Strae** Patricia Forde

**Go Ceann Scríbe** Ailbhe Nic Giolla Bhrighde

heas préachán fánach ar bhalla ársa, é ag féachaint ar chailín ag teacht ina threo. Shiúil sí trí na páirceanna, thar an seandroichead trasna na habhann, agus í dírithe ar an tseanmhainistir. Ní raibh sí ag tabhairt aird ar bith ar an saol mór timpeall uirthi.

Bhuail cloch bheag an préachán ar chúl a chinn agus léim sé san aer de phreab. Shín sé a sciatháin **ghioblacha**\* agus d'eitil thar dhíon na seanmhainistreach, suas go dtí an crann darach a bhí in aice láimhe. D'fhéach an cailín aníos air.

Chonaic sí triúr buachaillí ina suí ar an díon, a gcosa crochta thar an imeall agus iad ag gáire faoin

---

\*   **gioblach:** míshlachtmhar, gan bheith néata

1

bpréachán. Bhí seanaithne aici ar an triúr. Bhí siad sa rang léi ar scoil.

'Hé! Stopaigí é sin!' a scread sí orthu. 'Ná bígí ag caitheamh cloch leis an bpréachán bocht. Ní raibh sé ag cur isteach oraibh. Ligigí dó!'

Thosaigh na buachaillí ag gáire.

'Cé tusa? David Attenborough?' arsa Seán, an leaid ab airde. 'Déanfaidh muid ár rogha rud, a Aoife Ní Loinsigh.'

'Má fheiceann mo mháthair sibh, **beidh port eile agaibh\***.'

'Do mhama?' arsa Dara. 'Ó tá faitíos an domhain orm!'

'An bhfuil sí fós sa tóir ar thaibhsí?' arsa Seán, agus thosaigh an triúr **ag sciotaíl\*\***.

'Is seandálaí í,' arsa Aoife. 'Ní bhíonn sí sa tóir ar thaibhsí, a amadáin.'

'Seandálaí nár aimsigh tada suimiúil riamh!' arsa Dara.

'Dá mbeadh sé chomh héasca sin teacht ar thaisce faoi thalamh bheadh madraí an bhaile ag dul dó!'

---

\*    **beidh port eile agaibh**: beidh rud éigin iomlán difriúil á rá agaibh

\*\*   **ag sciotaíl**: ag gáire

arsa Aoife. 'Tá taisce áit éigin thart ar an áit seo, agus tiocfaidh sí air lá éigin.'

'Mura dtagann na taibhsí uirthi siúd roimhe sin!' arsa Eoin.

Thosaigh na buachaillí ag gáire arís, mar a dhéanfadh scata préachán, agus d'airigh Aoife an fhearg ag éirí ina croí. B'fhíor dóibh. Bhí a máthair tar éis cúig bliana a chur amú ag cuardach taisce faoi thalamh timpeall na mainistreach, í ag leanúint seanléarscáileanna agus leideanna ó sheanscéalta. Ach ní raibh oiread agus cros ná fiú cnaipe manaigh faighte riamh aici. Bhí náire ar Aoife gur chaith a máthair an oiread sin ama ag tochailt sa **phuiteach***, ar thóir rudaí nach raibh ann. Ach é sin ráite, ní ligfeadh sí d'éinne eile a Mam a mhaslú.

'Seo uait!' arsa Aoife. 'Tar liom anois agus abair é sin ar fad le mo Mham, más fir sibh! Níl meas madra agam ar **mheatacháin****!'

'Meatacháin, a deir tú?' arsa Seán, agus sheas sé suas ar an díon.

---

\*    **puiteach**: láib, lathach
\*\*  **meatacháin**: cladhaire, duine nach bhfuil misneach aige/aici

3

'Sea! Meatacháin! Ní fhanfása anseo thar oíche! Déanann mo mháthair é sin go minic – ina haonar! Ach bheadh faitíos ortsa é sin a dhéanamh – tá tú mar an gcéanna le gach aon bhulaí ar domhan.'

'Ní bheadh aon fhaitíos ormsa,' arsa Seán, ach bhí a fhios ag Aoife nach raibh sé sin fíor.

'Fanfaidh muidne, má fhanann tusa!' arsa Eoin, agus straois air.

D'fhreagair Aoife é **gan drogall***.

'Bíodh sé ina mhargadh mar sin! Buailfidh muid le chéile anseo san oíche amárach ag meán oíche.'

Cén fáth a ndúirt sí é sin? Ní raibh sí ag iarraidh oíche a chaitheamh sa tseanmhainistir! Ach bhí a dúshlán tugtha anois.

'Ceart go leor,' arsa Seán.

Leis sin, d'eitil an préachán thar cheann Aoife, é ag screadadh go fíochmhar, agus cé nach raibh eagla ar an gcailín óg roimh thaibhsí, bhí crith cos agus lámh uirthi nuair a d'iompaigh sí le dul abhaile.

---

\* **gan drogall:** gan aon leisce, go muiníneach

4

An mhaidin dár gcionn, bhí Aoife ag ithe bricfeasta lena máthair agus lena deartháir beag, Ruadhán. Bhí a thionscadal scoile críochnaithe ag Ruadhán agus bhí sé **ag cur de\*** i lár na cistine, a chliabhrach líonta aige, agus a dhroim chomh díreach le saighead. Bhí máthair Aoife ag éisteacht go géar leis. B'fhearr le hAoife *gan* bheith ag éisteacht leis, ach **ní raibh an dara rogha aici\*\***.

'Tá an mhainistir an-sean,' arsa Ruadhán. 'Tógadh í timpeall na bliana Seacht gCéad Fiche. Scríobh na manaigh lámhscríbhinn cháiliúil ann – Leabhar Uí Néill. Níl aon rian den leabhar sin anois ann. Ach

---

\*   **ag cur de:** ag insint a scéil, i mbun óráide
\*\*  **ní raibh an dara rogha aici:** bhí uirthi é a dhéanamh, ní raibh aon dul as

deirtear gur bailiúchán iontach a bhí ann de scéalta agus de dhánta a bhailigh na manaigh.'

'Mura bhfuil aon rian de ann, cén chaoi a bhfuil a fhios agat céard a bhí ann, nó go raibh a leithéid ann riamh fiú?' arsa Aoife.

'Anois, a Aoife...' arsa Mam. 'Ná bí ag spochadh as.'

'Níl a fhios agatsa tada!' arsa Ruadhán le hAoife. 'Tá cur síos déanta ar Leabhar Uí Néill i lámhscríbhinní eile. Tá a fhios againn go raibh sé lán le scéalta a bhailigh na manaigh, agus go raibh draíocht ag baint leis. Agus tá a fhios againn gur imigh sé ar bhealach éigin ón mainistir timpeall na bliana Seacht gCéad Nócha Naoi. Agus tá a fhios againn...'

'...go dtugann tusa pian i mo cheann domsa,' arsa Aoife, í ag briseadh isteach air.

'A Aoife!' arsa Mam. 'Stop, a dúirt mé.'

Chas Aoife a súile chun na bhflaitheas.

'Meas tú cá ndeachaigh an lámhscríbhinn, a Mham?' arsa Ruadhán, é **ag déanamh neamhaird d'Aoife**\*.

'Níl a fhios againn, a leana,' arsa a mháthair.

---

\*   **ag déanamh neamhaird d'Aoife:** ag ligean air nach raibh sé in ann í a chloisteáil

'B'fhéidir gur ghoid na Lochlannaigh í, nó gur tógadh go háit éigin eile í lena coinneáil slán.'

'An í sin atá á lorg agat gach uile lá beo? arsa Aoife.

'Ní go díreach,' arsa a máthair **go doicheallach\***. 'Táim ag lorg leideanna – feiceáil cén chaoi ar mhair ár sinsir fadó. Tar éis an tsaoil, bhí cónaí orthu ar an talamh céanna linne – agus bhí an ghrian agus an ghealach chéanna ag féachaint anuas orthu. Sílim gur fiú iad a chomóradh. Nach gceapfá?'

Chroith Aoife a guaillí, **ar nós cuma liom\*\***.

'Tháinig mé ar phluais sa choill inné,' arsa a máthair. 'In aice na mainistreach. Bhí an béal clúdaithe le fásra agus is beag nár shiúil mé thairsti gan í a thabhairt faoi deara.'

'Tá sí chomh sean leis na sléibhte – níos sine ná an mhainistir féin fiú!' arsa Ruadhán. Lig Aoife osna.

'Ní haon scéal mór é sin! Níl ann ach pluais! Is cuma le duine ar bith fúithi.'

Chonaic Aoife splanc feirge i súile a máthar.

---

\*   **go doicheallach**: go míshásta
\*\*  **ar nós cuma liom**: amhail is nach raibh aon spéis aici san ábhar

'Ná bí drochbhéasach, a Aoife.'

Rug a máthair ar eochracha an chairr. 'Ní thuigim cén chaoi nach bhfuil tú beagáinín fiosrach faoi. Ar aon nós, feicfidh mé anocht thú,' a dúirt sí, agus d'imigh sí amach an doras le Ruadhán.

D'fhan Aoife ag smaoineamh faoin méid a bhí ráite, i bhfad tar éis dá máthair imeacht. Ní raibh baint dá laghad ag an tseanstair lena saol. Cén fáth a raibh a máthair chomh tógtha sin léi?

An oíche sin, agus Aoife ag dul a luí, phacáil sí mála beag le ceapaire cáise, buidéal uisce agus tóirse.

Bheadh sé fuar sa mhainistir. Chuardaigh sí **pluid*** bhreise sa chófra faoin staighre. Ní raibh aon cheann ann, ach d'aimsigh sí painseó snámha a maime. Choinneodh sé sin deas teolaí í. Sháigh sí isteach ina mála freisin é.

Chuir sí an mála i bhfolach le hais a mála codlata. Shocraigh sí a haláram i gcomhair an mheán oíche agus luigh sí siar ar an leaba. Níorbh fhada gur thit sí ina codladh. Is beag nár stop a croí nuair a bhuail

---

* **pluid:** blaincéad

8

an t-aláram. Ar dhúisigh sé aon duine eile? D'éist sí.
Ciúnas. Bhí sé in am bogadh chun siúil.

* * * * * * * *

Bhí an ghealach i bhfolach taobh thiar de scamaill
dhorcha agus Aoife ag déanamh a bealaigh trasna
na bpáirceanna. Bhí an oíche ciúin, gan ghaoth,
gan bháisteach, gan préacháin ag argóint sna
crainn. Ní raibh Oíche Shamhna ach laethanta
ar shiúl, agus cheana féin **bhí goimh san aer***.
Ní raibh le cloisteáil ach crónán na habhann.
Go tobann, nocht cruth ard os a comhair amach.
An tseanmhainistir. **Ní raibh tásc ná tuairisc ar
na buachaillí***\***, áfach.

Meatacháin, arsa Aoife léi féin. Bhí a fhios aici
nach dtiocfaidís. Ba chuma. Chaithfeadh sise an
oíche anseo aisti féin, agus thógfadh sí féiníní mar
fhianaise go raibh sí ann.

Shiúil sí timpeall go cúl na mainistreach agus ar
aghaidh léi isteach sa choill, áit a bhfaca sí béal na

---

*   **bhí goimh san aer**: bhí fuacht san aer
**  **Ní raibh tásc ná tuairisc ar na buachaillí**: ní raibh na buachaillí le feiceáil áit ar bith, ní raibh aon dé orthu

pluaise a d'aimsigh a máthair. *Bhí* Aoife fiosrach faoi, fiú murar admhaigh sí é.

D'fhéach sí isteach sa phluais dhorcha agus rinne iarracht daoine a shamhlú, iad ag dul isteach agus amach as na céadta bliain roimhe. Ach theip uirthi.

D'fhill sí ar an mainistir. Leag sí a mála codlata amach ar an urlár agus chuir sí uirthi an painseó snámha. Rud mór fada a bhí ann, a chuaigh síos go talamh uirthi. Bhain sí di a bróga agus shocraigh sí í féin isteach sa mhála codlata.

Dhún sí a súile. Bhí sí beagnach ina codladh nuair a chuala sí rud éigin thuas ar an díon. An raibh na buachaillí tagtha tar éis an tsaoil? D'éirigh sí agus rinne sí a bealach suas an seanstaighre. B'in arís é! Béiceadh. An raibh siad ag imirt cleasa uirthi?

Isteach tríd an tseanfhuinneog léi go cúramach agus amach ar an díon. D'fhéach sí thart. Tada. **Chuir sí cluas uirthi féin*** agus shiúil go himeall an dín. Leis sin, d'ardaigh préachán mór dubh ón talamh, a sciatháin ag bualadh, a ghob oscailte agus é ag screadaíl. Bhí sé ag déanamh caol díreach uirthi.

---

\*    **Chuir sí cluas uirthi féin:** d'éist sí go cúramach

D'ardaigh Aoife a lámha chun í féin a chosaint. Sciorr a cos.

Síos, síos léi gur thit an dorchadas féin anuas uirthi. **Bhí sí fágtha gan aithne gan urlabhra\***.

---

\* **Bhí sí fágtha gan aithne gan urlabhra**: bhí sí leagtha amach, gan mhothú

airigh Aoife an ghrian ag soilsiú anuas ar chaipíní a súl. Chuala sí clog eaglaise ag bualadh go sollúnta i bhfad uaithi. Choinnigh sí a súile dúnta. An raibh sí fós beo? Go mall, d'oscail sí leathshúil. Bhí triúr fear ag féachaint anuas uirthi. Nuair a d'oscail sí an tsúil eile, chonaic sí a gcuid róbaí fada donna agus a gcuid cuarán barroscailte. An manaigh a bhí iontu? Bhí a súile siúd **ar leathadh le teann iontais***.

'Cad a tharla duit, a mhac?' a dúirt manach amháin. Fear mór láidir a bhí ann. D'oscail Aoife a béal, ach níor tháinig focal aisti.

'Thit sé anuas ón gcrann sin, a amadáin!' arsa

---

* **ar leathadh le teann iontais:** ar oscailt go leathan mar gheall ar oiread iontais a bhí orthu

duine eile. Fear beag ramhar a bhí sa duine seo. 'Céard eile?'

'Caithfidh sé gurb é seo Ó Néill – an **nóibhíseach***\* as Gaillimh,' arsa an fear mór.

Chrom sé síos agus labhair sé go hard le hAoife, amhail is go raibh sí bodhar:

'Is mise an Bráthair Liam agus is iad seo an Bráthair Macha agus an Bráthair Ceallach. An tusa Fionn? Fionn Ó Néill as Gaillimh?

Ní raibh a fhios ag Aoife an ag brionglóideach a bhí sí. 'Ní mé!' a dúirt sí. 'Is mise…'

Leis sin, bhreathnaigh sí timpeall. D'aithin sí go raibh sí fós ar shuíomh na seanmhainistreach, ach bhí gach rud athraithe. Ní fothrach a bhí ann a thuilleadh, ach foirgneamh breá láidir. Céard a bhí tar éis tarlú di?

Thairg an Bráthair Macha a lámh di agus tharraing sé ina seasamh í.

'Caithfidh gur bhuail sé a cheann. Bain triail eile as tusa, a Bhráthair Liam.'

---

\* **nóibhíseach:** duine atá ag foghlaim le bheith ina bhráthair nó ina shagart

13

'Céard is ainm duit?' a d'fhiafraigh an manach beag ramhar.

'F… F..Fionn,' a dúirt sí.

'Nach aisteach an róba atá á chaitheamh aige,' arsa an Bráthair Ceallach, é ag féachaint ar an bpainseó snámha.

Ní raibh a fhios aici cén fáth nár inis sí dóibh gur Aoife a bhí mar ainm uirthi. Ní raibh a fhios aici ach go raibh am ag teastáil uaithi chun ciall a bhaint as an scéal seo ar fad.

'Tá tú anseo chun traenáil le bheith i do mhanach, bíodh a fhios agat. Ní le bheith ag dreapadh crann,' arsa an Bráthair Macha go borb.

'Tar liom anois, agus ná bac leis an mBráthair Macha!' arsa an Bráthair Liam.

'Gheobhaidh muid éadaí glana agus greim le hithe duit agus **beidh tú ar do sheanléim arís\***.'

Threoraigh siad isteach sa mhainistir í. Bhí an áit díreach mar a shamhlaigh a máthair di í a bheith sa seansaol – halla mór a raibh tine gheal ar lasadh ann agus boladh adhmaid ag líonadh an aeir. Shiúil siad

---

\* **beidh tú ar do sheanléim arís**: beidh tú chomh folláin is a bhí riamh

tríd an halla, agus isteach i seomra bia, áit a raibh bord fada ar síneadh trasna an urláir. Leathnaigh súile Aoife. Bheadh spás do thríocha duine nó níos mó ag an mbord sin.

Thug an manach mór cuireadh di suí, agus tugadh béile di – anraith glasraí agus arán baile le him agus mil.

'**Cuirfidh sé sin brí ionat***, a Fhinn,' a dúirt an Bráthair Ceallach. 'Agus ól braon bainne.'

D'ainneoin ar tharla, bhí ocras ar Aoife, agus bhí an bia an-bhlasta.

'Caidé mar atá do chloigeann anois?' arsa an Bráthair Liam. Bhí guth bog aige, agus blas Dhún na nGall ar a chuid cainte. 'An bhfuil a fhios agat cá bhfuil tú?'

Níor fhreagair Aoife.

'Tá tú i Mainistir Ghleann Lua taobh amuigh de bhaile an Sciobairín. Thaistil tú an bealach ar fad ó Ghaillimh. Nach cuimhin leat?'

Bhí ceann Aoife ina stoirm. Bhí sí sa bhaile, i Mainistir Ghleann Lua, an áit chéanna inár chaith

---

* **Cuirfidh sé sin brí ionat**: tabharfaidh sé fuinneamh duit

sí an oíche aréir. Ach bhí gach uile rud difriúil. Ní raibh ciall ar bith leis mar scéal.

Ansin chuala sí a guth féin:

'Cén bhliain í?'

D'fhéach na manaigh ar a chéile le himní ar feadh nóiméid. Ansin labhair an Bráthair Macha.

'Samhain, an bhliain d'Aois ár dTiarna, Seacht gCéad Nócha Naoi,' a dúirt sé.

Ba bheag nár thit Aoife i laige. Ar chuala sí i gceart é? An é gur thaistil sí siar in am go dtí an bhliain Seacht gCéad Nócha Naoi?

An raibh aon seans ann gur ag brionglóideach a bhí sí? Céard eile a d'fhéadfadh a bheith ann ach brionglóid? Níor chreid sí san amthaisteal – b'in rud ar léigh tú faoi i leabhair. Ní fhéadfadh sé tarlú i ndáiríre... nó an bhféadfadh? Chuir sí a lámh ina póca faoin bpainseó snámha. Bhí a fón fós ann!

Agus anois, más ag brionglóideach a bhí sí, caithfidh gur tromluí a bhí ann. Bhí sé thar am di dúiseacht!

Bhí sí fós ag iarraidh a oibriú amach an ina codladh nó ina dúiseacht a bhí sí nuair a bhuail buachaill óg isteach. Shuigh sé chun boird leis an gcuid eile agus tugadh bia dó.

'Is mise Éanna,' ar sé le hAoife. 'Is nóibhíseach mise freisin ach tá bliain iomlán caite agam anseo. Beidh mé in ann cabhrú leat!'

D'fhéach sí ar Éanna. **Leath meangadh gáire ar a bhéal\***. Rinne sí meangadh ar ais leis.

Tar éis an bhéile, cuireadh ag obair iad leis an mBráthair Macha.

'Is féidir libh na babhlaí a ní,' ar seisean, 'a fhad is atá mise ag ullmhú an anraith seo. Bígí ag obair go deas ciúin. Níl aon ghá le caint. Is paidir í an obair freisin.'

'Déanfaidh muid ár ndícheall,' a dúirt Éanna, agus chaoch sé leathshúil le hAoife. Cúpla nóiméad ina dhiaidh sin, lig sé do bhabhla mór titim as a lámh d'aon turas. Phléasc an babhla ar an urlár agus bhris an chré ina smidiríní.

Bhí an Bráthair Macha ar deargbhuile.

'**Greadaigí libh\*\*** amach as seo, a leibidí!' ar seisean. 'Agus ná tagaigí ar ais. Amach libh, a deirim!'

**Thug Éanna na bonnaí as\*\*\***. Lean Aoife é.

Nuair a bhí siad slán sábháilte sa ghairdín, shuigh

---

\*    **Leath meangadh gáire ar a bhéal**: tháinig cuma áthasach ar a bhéal
\*\*   **Greadaigí libh**: imígí libh
\*\*\* **Thug Éanna na bonnaí as**: rith sé ar luas lasrach

siad ar an bhféar agus d'inis Éanna di gurbh as Corcaigh dó.

'Bhí an t-ádh orm gur thóg siad isteach anseo mé,' a dúirt sé. 'Níl rud ar bith sa bhaile dom.'

'Agus tá tú ag iarraidh a bheith i do mhanach?' arsa Aoife.

Thosaigh Éanna ag gáire.

'Táim anseo, nach bhfuil?'

Thug Éanna turas d'Aoife timpeall na mainistreach agus timpeall an ghairdín álainn a bhí thart uirthi. Ní raibh rian den ghairdín úd fágtha san aonú haois is fiche! Nach ar a máthair a bheadh na sceitimíní é seo ar fad a fheiceáil? **Bhuail taom uaignis Aoife\***. Mam! An raibh a fhios aici céard a tharla dá hiníon? Bhí a fhios ag Aoife go mbeadh a máthair caillte le himní fúithi.

'An bhfuil tú ceart go leor?' a dúirt Éanna.

Ní dúirt Aoife tada.

'Bhí mise an-uaigneach anseo ar dtús freisin,' arsa Éanna. 'Ach **tagann tú isteach air\*\***. Tá na manaigh cineálta... fiú an Bráthair Macha!'

---

\*   **Bhuail taom uaignis Aoife:** tháinig an-uaigneas ar Aoife go tobann
\*\*  **tagann tú isteach air:** téann tú i dtaithí air, téann tú i gcleachtadh air

Bhí Aoife ar tí buíochas a ghabháil leis nuair a chuala sí an Bráthair Liam ag scairteadh orthu.

'A Éanna! A Fhinn! Chuala mé nach raibh sibh ag teastáil sa chistin níos mó!'

Cé go raibh cuma dháiríre ar an mBráthair Liam, chonaic Aoife an gáire ina shúile.

'B'fhéidir go ndéanfadh sibh **gnaithe*** níos fearr sa Scriptorium?

'Cén áit?' arsa Aoife, agus thosaigh an Bráthair Liam ag gáire.

'An gcloiseann tú é, a Éanna, é ag ligean air nach bhfuil a fhios aige céard is Scriptorium ann!'

'Tá na lámhscríbhinní is deise sa tír anseo!' arsa Éanna. 'Agus tá Leabhar Uí Néill ann! Tá réiteach gach faidhbe agus draíocht de gach sórt le fáil ann!'

Draíocht? Bhuail croí Aoife ar nós druma.

B'fhéidir go mbeadh a bealach abhaile le fáil sa leabhar sin.

'Ar aghaidh linn, mar sin,' arsa Aoife, agus lean siad an Bráthair Liam go dtí an Scriptorium agus an saibhreas iontach a bhí faoi cheilt ann.

---

\* **gnaithe:** gnó, obair

hí na lámhscríbhinní sa Scriptorium dochreidte. Díreach mar a dúirt Ruadhán, bhí siad lán le dánta agus le scéalta a bhailigh na manaigh, agus bhí siad maisithe le pictiúir áille d'éin agus de bhláthanna ildaite. Thaispeáin an Bráthair Liam Leabhar Uí Neill d'Aoife, agus is beag nár thit sí as a seasamh.

'Seo libh anois,' a dúirt an Bráthair Liam. 'Is féidir libh tosú ag dathú na leathanach seo. Bígí cúramach leo. A Fhinn! Taispeáin tusa d'Éanna an chaoi a ndéanann sibh i nGaillimh é. Tá a fhios agam go bhfuil taithí agat ar an obair seo!'

Taithí? Ní raibh clú aici. Céard a dhéanfadh sí anois?

21

Bhí croí Aoife ina béal.

Dathú? B'fhéidir go mbeadh sí in ann é sin a dhéanamh...

Bhí Éanna ag fanacht uirthi tosú á mhúineadh. Rug sí ar scuab agus thosaigh sí ag dathú. Rinne Éanna amhlaidh. Obair í ar ghá í a dhéanamh go mall, cúramach, ach tar éis tamaill, bhí Aoife ag baint an-taitneamh as. Bhí na dathanna go hálainn agus léim a croí nuair a chonaic sí an phéint ag cur beochta sna híomhánna éagsúla. Bhí an phéint déanta as plandaí agus luibheanna agus ní raibh dathanna cosúil leo feicthe ag Aoife riamh roimhe. Ní raibh focal idir í féin agus Éanna ar feadh uair an chloig, iad beirt **sáite san obair\***. Ba chuimhin le hAoife a máthair a rá go gcuirfeadh na manaigh nótaí beaga nó pictiúir bheaga ar imeall na leathanach uaireanta, ach ní fhaca sí aon cheann fós. Rinne sí meangadh mór gáire agus thosaigh ag tarraingt préacháin! Préachán! An t-éan mór dubh sin ba chúis léi bheith anseo.

Nuair a bhí an pictiúr beagnach críochnaithe aici,

---

\* **sáite san obair:** gafa leis an obair, gan bheith ag tabhairt aird ar aon rud eile d'fhéach Éanna anall. Leath an dá shúil air.

'Céard sa...?!'

Chonaic sí an t-uafás ar a aghaidh.

'Céard atá déanta agat?

Sula raibh am ag Aoife a béal a oscailt, d'éirigh Éanna ina sheasamh.

'A Éanna! Tar ar ais! Ní haon dochar é! Sin a dhéanadh na manaigh fadó.'

'Fadó?'

'Aaa – is éard atá i gceist agam ná gurb é sin... an rud a dhéanann na manaigh na laethanta seo...'

Ach bhí Éanna imithe. Bhí sí cinnte go raibh sé chun an scéal a insint do na manaigh agus go mbeadh fearg orthu léi. B'fhéidir **go gcuirfí an ruaig uirthi***. B'fhéidir nach n-éireodh léi dul abhaile go deo.

Rith sí amach an doras ina dhiaidh chun stop a chur leis. Tháinig sí air ag piocadh luibheanna sa gharraí.

'Is féidir an planda seo a úsáid chun an leathanach a ghlanadh,' ar seisean. 'Ní gá go mbeadh a fhios ag duine ar bith...'

---

* **go gcuirfí an ruaig uirthi:** go gcaithfí amach as an áit í

23

'Níl tú chun sceitheadh orm?'

**Chuir Éanna púic air féin\***.

'Ní haon **bhrathadóir\*\*** mé!'

Bhí Aoife ar tí labhairt nuair a chonaic sí leaid óg ag teacht isteach geata na mainistreach, é ag sodar trasna an gharraí ina dtreo. Bhí gruaig fhada air agus súile móra gorma aige.

'Dia dhaoibh,' arsa an buachaill. 'Is mise Fionn, an nóibhíseach nua.'

'Fionn?!' arsa Éanna le teann iontais.

Bhreathnaigh sé ar Aoife ach ní raibh Aoife in ann tada a rá. 'Tá brón orm,' arsa an buachaill, 'Cuireadh moill orm – ach tá mé tagtha anois!'

Ní dúirt Éanna aon rud. Bhí Aoife cinnte **go raibh a cosa nite\*\*\*** an iarraidh seo. Bhí uirthi rud éigin a rá.

'Ní féidir leat fanacht,' ar sise.

Chroith Fionn a cheann agus mearbhall iomlán air.

'Ach tá mé tar éis siúl as Gaillimh!' arsa an

---

\*    **Chuir Éanna púic air féin**: chuir sé cuma mhíshásta air féin
\*\*   **brathadóir**: duine a sceitheann ar dhuine éigin eile, spiaire
\*\*\*  **go raibh a cosa nite**: go raibh deireadh léi

buachaill. 'Dúradh liom go raibh áit anseo dom.'

'Agus tá...' arsa Éanna. 'Ach tá fadhb ann...'

D'fhéach sé ar Aoife arís.

'Sea,' ar sise. 'Fadhb an-mhór…'

D'fhéach an bheirt uirthi, iad ag fanacht le míniú. Phléasc na focail amach as a béal.

'Fiabhras!'

'Céard?' arsa Éanna agus Fionn, d'aon ghuth.

'Sea,' arsa Aoife. 'Bhuail fiabhras marfach an mhainistir cúpla lá ó shin. Tá na manaigh an-tinn… an-tinn ar fad.'

Thug an buachaill nua coiscéim siar uathu.

'Fiabhras, a deir tú?'

'Sea, sin a cheapann muid.' arsa Éanna **go sciobtha***. 'Féadfaidh tú fanacht agus…agus… cabhrú linn… aire a thabhairt do na hothair?'

Thug an buachaill coiscéim eile siar uathu.

'Ní dóigh liom é… ní féidir liom… brón orm!' ar seisean, agus thug sé na bonnaí as.

'Fiabhras?' arsa Éanna.

---

*   **go sciobtha:** go tapa, go gasta

Chroith Aoife a guaillí, **í ag déanamh beag is fiú de**\*.

'Más é sin Fionn, cé thusa?'

---

\* **í ag déanamh beag is fiú de:** ag ligean uirthi nach raibh sé tábhachtach

tán Éanna uirthi agus fearg ina shúile. D'fhéach Aoife timpeall an gharraí go tapa. Ní raibh éinne ann ach iad féin.

'An spiaire thú?'

Chroith Aoife a ceann.

'Gadaí?'

'Ní hea!'

'Céard a thug anseo thú, mar sin?'

Céard a d'fhéadfadh sí a rá leis? Ní raibh aon mhíniú aici ar an scéal seo a chreidfeadh Éanna. Ní raibh aon dul as. Bheadh uirthi an fhírinne a insint dó.

'Tháinig mé ó... ó... Is é sin le rá...'

'Ó in ainm Dé! Abair amach é! Cé as ar tháinig tú?'

'Tháinig mé ón todhchaí. Ón Aonú hAois is Fiche.'

Ní dúirt Éanna rud ar bith ar feadh soicind, ansin phléasc sé amach ag gáire.

'An gceapann tú gur amadán mé? Caithfidh tú scéal níos fearr ná sin a chumadh don Bhráthair Liam agus do na manaigh eile, a Fhinn – nó pé ainm atá ort.'

Rug sé greim gualainne ar Aoife agus bhrúigh i dtreo na mainistreach í.

'Fan!' arsa Aoife, agus plean ag borradh ina hintinn. 'Tabharfaidh mé **cruthúnas**\* duit!'

Bhain sí amach a fón. B'fhéidir nach raibh aon chomhartha gutháin ann, ach bhí an ceamara fós ag obair. Dhírigh sí an fón ar Éanna. Phléasc splanc solais!

'Céard sa...?!' arsa Éanna, agus mearbhall ar a aghaidh.

'Cén sórt cleasaíochta í seo anois agat?'

'Féach!' arsa Aoife, agus shín a fón póca chuige. Bhí grianghraf de féin le feiceáil aige ar an scáileán.

---

\* **cruthúnas:** fianaise, rud éigin a chruthaíonn go bhfuil an fhírinne á hinsint ag duine

D'fhéach Éanna air agus **scéin**\* air.

'Sin... sin mise... cén chaoi...?'

'Tá sé ceart go leor. Níl ann ach grianghraf...'

'Cén sórt diabhail tú? Fan amach uaim! Fan amach uaim, a deirim!' Leis sin, bhrúigh sé as a bhealach í. Thit Aoife ar an talamh agus chonaic sí é ag rith i dtreo na coille. Léim sí ina seasamh agus lean isteach sa choill é.

Ní fada gur tháinig sí air ina sheasamh in aice le crann mór darach.

'Tá brón orm,' arsa Aoife. 'Ní raibh mé ag iarraidh geit a bhaint asat.'

D'iompaigh sé uirthi.

'An fíor é? Ar tháinig tú ón todhchaí?'

'Tháinig,' arsa Aoife.

'Ní diabhal tú?'

'Ní diabhal mé. Geallaim duit.'

'Cén fáth ar tháinig tú? Céard atá uait?'

D'inis Aoife an scéal ar fad dó, agus bhí a fhios aici, ag a dheireadh, gur chreid sé í.

'Inis dom faoi,' ar sé. 'Inis dom faoin todhchaí...'

\*    **scéin:** eagla, uafás

D'inis Aoife dó faoi ghluaisteáin agus faoi eitleáin, faoin teilifís agus faoin raidió, faoi ríomhairí agus faoin idirlíon.

'Agus céard faoin mainistir? An bhfuil sí sin ann fós?'

'Tá,' arsa Aoife.

'Agus crainn? Agus éin? Agus ainmhithe?'

D'oscail Aoife a béal chun insint dó, ach dhún sí arís é. Bhí **solas fann**\* le feiceáil i bhfad uaithi.

'Féach!' a dúirt sí. 'Céard é sin?'

D'fhéach Éanna. Thosaigh sé ag súil i dtreo an tsolais. Lean Aoife é. Ansin chonaic siad é. Seanfhear a bhí ann agus **lóchrann**\* ina lámh aige, agus é ag olagón. Bhí gruaig fhada shalach air, agus ar a cheann bhí **adharca**\* móra fada.

---

\*    **solas fann:** solas lag
\*\*   **lóchrann:** solas, tóirse
\*\*\* **adharca:** rudaí cosúil le cnámha a fhásann as cloigeann ainmhithe áirithe, mar shampla tairbh

ágaigí an áit seo!' arsa an seanfhear. 'Imígí! Rithigí! Tá siad ag teacht!'

Rug Éanna greim ar an seanfhear.

'Fuist!' a dúirt sé. 'Tóg go bog é. Cé atá ag teacht?'

'Tá siad ag teacht!' arsa an seanfhear arís. 'Ainmhithe fiáine agus adharca orthu, cosúil leo seo!'

Bhain sé na hadharca dá cheann, agus chonaic Aoife gur sórt clogaid a bhí ann.

D'iompaigh Éanna uirthi. 'Cé hiad?' 'Cé hiad na hainmhithe seo?'

'Mharaigh siad... agus ghoid siad,' arsa an seanfhear. 'Bhí sé ina rírá agus ruaille buaille. **Bhí doirteadh fola ann\*** ar gach aon taobh. Leag

---

\*    **Bhí doirteadh fola ann:** gortaíodh daoine go dona

mé duine acu go talamh, agus thóg mé an clogad
seo... Ach ní raibh mé in ann iad ar fad a stopadh.
Chuir siad ár mainistir trí thine!'

Lig sé **liú cráite*** as, agus murach gur rug Éanna
air, bheadh an seanfhear tite go talamh.

Thug siad isteach go dtí an mhainistir é agus
thug Rúairí anraith agus arán dó. Ba mhanach as
Contae Chill Chainnigh é an seanfhear. Bhí sé tar
éis siúl trasna na tíre. Bhí sé tuirseach traochta agus é
**stiúgtha leis an ocras****.

Bhí gach duine ag iarraidh a scéal a chloisteáil,
cé gur cheap siad go raibh sé as a mheabhair. Thóg
Aoife an clogad aisteach agus scrúdaigh sí é. Céard a
dúirt a máthair? Rud éigin faoi ionsaí a rinneadh ar
an mainistir fadó?

Lochlannaigh! B'in é! Dúirt a máthair gur
ionsaigh na Lochlannaigh an mhainistir sa bhliain
Seacht gCéad Nócha Naoi. Bheadh uirthi é sin a
insint d'Éanna.

Cá bhfios nach raibh na Lochlannaigh ar a

---

* **liú cráite:** scread thruamhéalach
** **stiúgtha leis an ocras:** bhí an-ocras go deo air

mbealach cheana féin? Rinne sí iarracht labhairt le hÉanna ina aonar, ach bhí an Bráthair Liam agus an seanfhear in éineacht leis.

'Lig do scíth anois, a bhráthair,' arsa an Bráthair Liam leis an seanfhear.

'Beidh tú slán sábháilte linne.'

'Níl duine ar bith sábháilte ón dream sin,' arsa an seanfhear agus deora ina shúile.

Rinne Aoife iarracht aird Éanna a tharraingt, ach bhí sé iomlán dírithe ar an seanfhear, a bhí fós ag cur de.

'Bhí a fhios agam go raibh siad contúirteach, ón nóiméad a chonaic mé iad,' ar sé. 'Iad amuigh ar an bhfarraige ag déanamh ar an trá agus luas mínádúrtha fúthu. Dá bhfeicfeá an bád a bhí acu! Rud uafásach, í mór millteach agus cloigeann dragúin chun tosaigh uirthi. Bhí slí inti do **thrí scór fear**\* ar a laghad.'

'Trí scór fear, a deir tú?' arsa an Bráthair Macha agus chaoch sé súil leis na bráithre eile.

\*   **trí scór fear:** seasca fear (60)

Ba léir d'Aoife nár chreid an comhluadar focal de scéal an tseanfhir.

'Seo talamh naofa,' arsa an Bráthair Liam. 'Ní ionsóidh duine ar bith anseo muid. Tá Dia ag tabhairt aire dúinn, a chara.'

Ach níor éist an seanfhear leis.

'Ní thuigeann an dream seo tada ach a bheith ag goid óir. Ní chuireann Dia s'againne faitíos ar bith orthu. Is **deamhain**\* iad! Deamhain, a deirim libh! B'fhéidir go dtógfadh sé lá nó dhó eile orthu an áit seo a bhaint amach. Ach caithfidh sibh sibh féin a réiteach. Anois!'

Thosaigh sé ag caoineadh.

'Téigh amach sa ghairdín, a Éanna,' arsa an Bráthair Liam leis go ciúin. 'Faigh roinnt bláthanna agus duilleog den chamán meall agus den chaisearbhán dom. Tá an fear bocht seo tar éis rud éigin uafásach a fhulaingt agus tá a chiall caillte aige. Tabharfaidh na luibheanna suaimhneas dó.'

Lean Aoife amach chuig an ngairdín é. Agus é ag

---

\*  **deamhain:** diabhail

piocadh na luibheanna, fuair sí deis labhairt leis ina aonar.

'Níl an fear sin as a mheabhair, a Éanna,' ar sise. 'Tá sé ag caint faoi na Lochlannaigh. D'inis mo Mham dom fúthu. Mairnéalaigh a bhí iontu, agus ba as Críoch Lochlann i dtuaisceart na hEorpa iad. Mharaigh siad a lán daoine, agus ghoid siad na hearraí luachmhara a bhí sna mainistreacha.'

'Agus ceapann tú go dtiocfaidh siad anseo?'

'Tá mé cinnte de! Dúirt Mam go ndearna siad an áit seo a ionsaí. Thóg siad soithí eaglasta a bhí maisithe le hór agus le hairgead agus thóg siad na lámhscríbhinní chomh maith.'

'Caithfidh muid rabhadh a thabhairt do na bráithre!' arsa Éanna.

Níor bhog Aoife.

'Seo leat! Céard air a bhfuil tú ag fanacht? Brostaigh!'

'Ní féidir linn, a Éanna,' arsa Aoife. 'Ní chreidfidís muid. Ní chreideann siad an seanmhanach sin istigh, agus is duine fásta é siúd!'

Chonaic sí an díomá ar aghaidh Éanna.

'Céard is féidir linn a dhéanamh mar sin?' ar sé.

Rinne Aoife dianmhachnamh. Céard a d'fheadfaidís a dhéanamh? Ansin rith plean léi. Sin é! Bhí a fhios aici céard ba cheart dóibh a dhéanamh.

'Caithfidh muid gach rud a chur i bhfolach... sula dtagann siad.'

D'fhéach Éanna timpeall.

'Ach cén áit? Níl mórán thart anseo ach páirceanna agus portach!'

'Tá pluais ann,' arsa Aoife, í tógtha anois lena plean. 'Pluais sa choill!'

'An bhfuil?' arsa Éanna. 'Ní fhaca mé riamh a leithéid. An bhfuil tú cinnte?'

'Cinnte dearfa,' arsa Aoife. 'Anocht, nuair a bheidh gach éinne ina chodladh, tabharfaidh muid gach rud go dtí an phluais. Ar a laghad beidh siad sábháilte ansin.'

Chlaon Éanna a cheann.

'Agus mura mbíonn siad sábháilte, is orainne a bheidh an locht,' arsa Éanna go ciúin, agus bhí a fhios ag Aoife go raibh an ceart aige.

stigh sa mhainistir, bhí Aoife ag éirí neirbhíseach agus í ag fanacht le titim na hoíche. Níor bhac na manaigh le comhairle an tseanfhir. Lean an saol ar aghaidh mar ba ghnách.

Bhraith Aoife tinn ag smaoineamh ar na Lochlannaigh. D'fhéadfaidís ionsaí a dhéanamh ar an mainistir nóiméad ar bith. **Chaithfeadh sí a chur ina luí ar na manaigh go raibh tubaiste ag tuar\***, sula raibh sé ródheireanach. Ach cén chaoi? Chaithfeadh sí smaoineamh ar phlean. Ach idir an dá linn, chuirfeadh sí an taisce a bhí acu i bhfolach dóibh. Cá bhfios, b'fhéidir go mbogfadh na

---

\*  **Chaithfeadh sí a chur ina luí ar na manaigh go raibh tubaiste ag tuar:** Bhí uirthi a chinntiú gur chreid na manaigh go raibh rud éigin uafásach ar tí tarlú

Lochlannaigh ar aghaidh mura raibh **creach*** ar bith le fáil acu san áit?

D'ith siad a suipéar agus ansin chuaigh siad isteach sa séipéal le paidreacha an tráthnóna a rá. Chuimhnigh Aoife ar a teaghlach agus í ag éisteacht le ceol draíochtúil na manach. An bhfeicfeadh sí choíche arís iad?

Dá dtiocfadh na Lochlannaigh, cá bhfios céard a tharlódh di.

Ní raibh a fhios aici fós cén chaoi le filleadh abhaile. An mbeadh uirthi fanacht anseo go deo? Nuair a smaoinigh sí go mb'fhéidir nach bhfeicfeadh sí a teaghlach riamh arís, líon a súile le deora.

D'fhéach Éanna uirthi go géar.

'Tá uaigneas arís ort,' a dúirt sé.

Chlaon Aoife a ceann, na deora anois ag sileadh go tréan.

'Gheobhaidh muid bealach abhaile duit,' arsa Éanna. 'Fan go bhfeicfidh tú.'

Ní dúirt Aoife tada. Níor chreid sí é, ach thuig sí go raibh sé cineálta agus go raibh sé ag iarraidh cabhrú léi.

* **creach:** rud éigin luachmhar a thógtar le foréigean

Nuair a chuaigh siad a chodladh an oíche sin, d'fhan Aoife ina seomra go dtí meán oíche. Ansin d'éalaigh sí amach as a cillín agus chuaigh sí go dtí an séipéal, áit a raibh Éanna ag fanacht uirthi.

'Tá gach duine ina chodladh,' arsa Éanna. 'Tosóidh muid anseo.'

Gan a thuilleadh moille, thosaigh siad ag bailiú na soithí eaglasta a bhí ar an altóir. Bhí lán a dhá lámh acu nuair a chuala siad torann.

Stop Éanna. D'fhéach sé ar Aoife.

'Céard é sin?'

D'éist siad arís, ach ní raibh le cloisteáil ach **siosarnach**\* na gaoithe sna crainn taobh amuigh. Lean siad orthu. **Nuair a bhí deireadh bailithe acu**\*\*, smaoinigh Aoife ar an taisce luachmhar eile a bhí sa mhainistir.

'Céard faoi na lámhscríbhinní?' arsa Aoife.

'Tógfaidh muid Leabhar Uí Néill, ar a laghad,' arsa Éanna.

Suas leo go dtí an Scriptorium. Phioc Aoife suas

---

\*    **siosarnach:** fuaim mar a dhéanfadh nathair, nó an ghaoth ag bogadh duilleog
\*\*  **Nuair a bhí deireadh bailithe acu:** nuair a bhí gach rud faighte acu

an leabhar luachmhar go cúramach.

'Stop! Stop, a deirim!'

An Bráthair Macha a bhí ann, an manach mór fíochmhar.

Bhí coinneal lasta ina lámh aige. Leath a shúile le huafás nuair a chonaic sé céard a bhí ar bun acu.

'Níl muid ag goid...' arsa Aoife.

'Níl muid ach ag iarraidh ár dtaisce a shábháil ó na Lochlannaigh...' a dúirt Éanna.

'Na Lochlannaigh?' arsa an Bráthair Macha. 'Cén sórt seafóide í sin uait? Ní féidir **an dallamullóg a chur ormsa*** le focail bhréagacha! Tá a fhios agam go maith céard atá ar bun agaibh, a ghadaithe bradacha! Amach as seo libh go beo!'

Sheas sé sa doras ag fanacht leo imeacht amach roimhe. Shleamhnaigh Aoife lámhscríbhinn Uí Néill faoina róba i ngan fhios dó agus amach léi. Lean Éanna í, **a cheann faoi****. Threoraigh an Bráthair Macha síos go dtí an chistin iad. D'oscail sé doras an tseomra stórais.

---

'Isteach ansin libh anois, a mhaistíní gránna. Is féidir libh fanacht sa seomra seo go maidin. Gheobhaidh sibh an méid atá ag dul daoibh an uair sin!'

Dhún sé an doras orthu de phlab, agus chuala siad an eochair ag casadh sa ghlas.

D'fhéach an bheirt ar a chéile, uafás orthu. Faoi dheireadh, labhair Aoife.

'Anois céard a dhéanfaidh muid?'

Ach bhí a fhios aici nach raibh tada le déanamh ach fanacht. **Bhí a bport seinnte\*.**

---

\* **Bhí a bport seinnte:** bhí deireadh leo

haith siad an chéad chuid den oíche ag iarraidh teacht ar phlean nua. Cheap Éanna gur cheart dóibh an fhírinne a insint do na manaigh ach bhí Aoife fós cinnte nach gcreidfidís í. Ní raibh le déanamh ach fanacht go maidin go bhfeicfidís céard a tharlódh. Ar a laghad bhí coinnle acu. Thóg Aoife amach Leabhair Uí Néill agus thosaigh siad á léamh. Ní fada go raibh siad caillte sna scéalta ann, scéalta faoi ríthe agus draoithe agus draíocht. Is ansin a chonaic Aoife píosa faoi Oíche Shamhna.

'A Éanna! Éist!' ar sí, agus sceitimíní uirthi.

D'fhéach Éanna uirthi.

'Céard é féin?'

'Deir an scéal seo go mbíonn an teorainn idir an

domhan seo agus an domhan eile ar oscailt Oíche Shamhna.'

'Taispeáin dom!' arsa Éanna, agus d'fhéach siad beirt ar an scéal.

Léigh siad go raibh anamacha na marbh in ann teacht agus imeacht ar an oíche speisialta sin, agus go raibh na sióga in ann daoine a sciobadh leo ar ais go dtí a ndomhan féin.

'B'fhéidir go mbíonn an teorainn idir an todhchaí agus an t-am seo ar oscailt chomh maith Oíche Shamhna!' arsa Aoife, a croí lán dóchais.

Leath na súile ar Éanna.

'Seo do bhealach abhaile, b'fhéidir. Agus amárach Oíche Shamhna!'

Léim croí Aoife. An bhféadfadh sé a bheith fíor? An raibh seans ann i ndáiríre go n-éireodh léi dul abhaile?'

'Tá **cineál geise*** anseo a bhaineann leis,' arsa Éanna, é ag léamh ón leabhar. 'Téigh go dtí an teorainn...'

'... Ach cá bhfuil an teorainn?'

---

\* **cineál geise:** cineál de cheangal nó coinníoll draíochta

43

'An áit ina bhfuair muid thú?'

'Nó díon na mainistreach?'

'An díon!' arsa Éanna. 'Sin an áit ina raibh tú nuair a thrasnaigh tú ó am amháin go ham eile.'

Lean sé air ag léamh.

'Caithfidh tú píosa den **sceach gheal*** a bheith i do lámh agat, agus íomhá den saol eile i d'aigne...'

Ní raibh seans ag Éanna níos mó a rá mar ag an nóiméad sin d'oscail an doras agus bhí an Bráthair Liam ina sheasamh ós a gcomhair. Bhí cuma dhíomách ar a aghaidh.

'Ní raibh muid ag goid,' arsa Éanna, sula raibh deis ag an mBráthair Liam rud ar bith a rá. 'Bhí muid ag iarraidh an taisce a shábháil. Ní as a mheabhair atá an seanfhear. Sciobfaidh na Lochlannaigh uainn gach uile rud luachmhar san áit.'

Ba léir nár chreid an Bráthair Liam iad.

'Caithfidh tú muinín a bheith agat asainn,' arsa Aoife. 'Ní gadaithe muid, a Bhráthair Liam, ar m'anam, ní hea.'

---

* **sceach gheal:** crann beag a bhfuil dealga air

44

Shuigh an Bráthair Liam síos. Bhí cuma thuirseach air.

'Níl a fhios agam...'

'Tabhair seans dúinn, a Bhráthair Liam,' arsa Éanna. 'Cabhraigh linn na rudaí is luachmhaire a chur i bhfolach. Féadfaidh tú fanacht in éineacht linn an t-am ar fad. Feicfidh tú nach gadaithe muid. Mura dtiocfaidh na Lochlannaigh, cuirfidh muid gach rud ar ais san áit a raibh sé.'

Ní dúirt an Bráthair Liam tada.

'Agus má tá muid mícheart, fágfaidh muid an mhainistir ina dhiaidh sin. Ní fhillfidh muid choíche arís,' arsa Éanna.

D'fhéach Aoife ar Éanna.

'A Éanna! An bhfuil tú cinnte...'

'Cinnte dearfa,' arsa Éanna.

'Ní thuigim cén fáth a bhfuilim ag éisteacht libh,' arsa an Bráthair Liam ar deireadh. 'Ach ar bhealach éigin... Féach, ní mór dúinn deifir a dhéanamh. Beidh na manaigh eile ina ndúiseacht go luath.'

Níor fhan Éanna agus Aoife soicind eile. Chuir Aoife Leabhar Uí Néill ar ais isteach faoin bpainseó,

gan aon rud a rá leis an mBráthair Liam ar fhaitíos
go n-athródh sé a intinn. Ar aghaidh leo timpeall na
mainistreach, ó sheomra go seomra, iad ag bailiú na
soithí eaglasta is luachmhaire san áit. Ansin amach
an doras leo **faoi shodar***. Lean an Bráthair Liam
iad.

Shroich siad an choill, díreach agus an ghrian ag
éirí. Bhí ionadh an domhain ar an mBráthair Liam
nuair a chonaic sé an phluais.

D'fhág siad an taisce uile i bhfolach go domhain
sa phluais, Leabhar Uí Néill ina measc.

\* \* \* \* \* \* \* \* \*

Ní raibh a fhios ag Aoife riamh céard a dúirt an
Bráthair Liam leis na manaigh eile, ach tugadh cead
di féin agus d'Éanna dul chuig bricfeasta, mar a
rinne siad gach uile mhaidin eile. Níor bhreathnaigh
aon duine orthu agus ní raibh focal ráite faoi eachtraí
na hoíche roimhe. Seachas an drochshúil a fuair siad
anois is arís ón mBráthair Macha, shílfeá nár tharla
tada as an ngnáth an oíche roimh ré.

---

\*   **faoi shodar:** go tapa ach gan bheith ag rith

Lá speisialta a bhí ann, féile mhór na Samhna, agus bhí a lán le déanamh. Labhair an Bráthair Liam leis an gcomhluadar nuair a chríochnaigh siad a mbéile.

'Inniu, maróidh muid na ba agus na caoirigh is luachmhaire dá bhfuil againn,' ar sé, 'mar a dhéanann muid gach uile bhliain ar an lá seo. Anocht, lasfaidh muid na tinte, agus cuirfidh muid na cnámha atá fágtha ag dó iontu.' Pobal **umhal*** ba ea na manaigh agus rinne siad mar a dúradh leo.

'Tinte cnámh...' arsa Aoife agus smaoinigh sí ar an tine chnámh a lasadh a máthair gach uile bhliain ar oíche Shamhna. Ní fhaca sí cnámha riamh curtha sa tine, ach caithfidh gur mhair an t-ainm mar sin féin.

Bhí na manaigh gnóthach don chuid eile den lá, ach bhí Aoife **ar bior****. An dtiocfadh na Lochlannaigh anocht? Amárach? An oíche anóirthear? Cén fáth nár éist sí i gceart lena máthair?

Le titim na hoíche, las na manaigh tine mhór chnámh taobh amuigh, os comhair dhoras tosaigh

---

*     **umhal:** toilteanach, sásta na rudaí a iarradh orthu a dhéanamh
**    **ar bior:** mífhoighneach, ar bís, ar cipíní

na mainistreach. Nuair a bhí an tine ídithe, chuaigh na manaigh a chodladh. Ach d'fhan Aoife agus Éanna ina ndúiseacht.

Chuaigh siad suas go barr na mainistreach le faire ar feadh na hoíche. D'fhéach Aoife amach i dtreo na habhann. Faoi sholas na gealaí, chonaic sí rud éigin. Ar dtús, cheap sí go raibh an solas ag cur dallamullóg uirthi. D'fhéach sí arís. Long! Bhí long **ag teacht i leith*** ar an abhainn, í chomh ciúin le taibhse. Ar bord, bhí foireann ag rámhaíocht ina dtreo, adharca le feiceáil ag gobadh amach ar gach taobh dá gcloigeann. Lig Aoife cnead aisti. Tharraing sí Éanna léi síos an staighre **chun fainic a chur ar na manaigh****.

'Na Lochlannaigh!' a scread siad. 'Tá siad anseo! Ar an abhainn!'

'Rithigí isteach sa choill!' arsa Aoife. 'Ná tógaigí aon rud libh ach sibh féin. Déanaigí deifir!'

'Is go dtuga Dia slán muid an oíche seo,' arsa an Bráthair Macha.

---

*      **ag teacht i leith:** ag teacht ina dtreo
**   **chun fainic a chur ar na manaigh:** chun foláireamh a thabhairt do na manaigh

Chabhraigh Aoife agus Éanna leis na manaigh aosta, agus níorbh fhada gur shroich siad béal na pluaise.

Chuala Aoife liú fíochmhar na Lochlannach agus iad ag déanamh ar an mainistir.

hí sé dubh dorcha istigh sa phluais. Chuala Aoife Éanna ag análú in aice léi. Bhí sí féin ag iarraidh smacht a choinneáil ar an bhfaitíos a bhí uirthi chomh maith.

'Tóg seo,' a dúirt sé léi, i gcogar. 'Píosa den sceach gheal... agus seo.'

Chuir sé an clogad a bhí ag an seanmhanach ina lámh. Bhuail croí Aoife ar nós druma.

'Caithfidh mé imeacht,' ar sise. 'Beidh an ghrian ag teacht aníos go luath, agus tar éis sin caillfidh mé mo dheis.'

'Tiocfaidh mise leat,' arsa Éanna.

Cé nach ndúirt Aoife leis é, bhí sí buíoch de as an tairiscint.

D'éalaigh an bheirt amach i ngan fhios do na manaigh. Chlúdaigh siad béal na pluaise le géaga is le **driseacha**\*, ionas nach bhfeicfeadh na Lochlannaigh í dá rachaidís thar bráid. Ansin thug siad aghaidh ar an mainistir.

Nuair a tháinig siad go himeall na coille, bhuail an torann a gcluasa – fir ag búiríl agus drumaí á mbualadh. Shleamhnaigh Éanna agus Aoife i dtreo na mainistreach, iad ag fanacht faoi cheilt i measc na gcrann agus gan focal eatarthu.

'Cuir ort an clogad anois!' arsa Éanna.

'Céard fútsa? arsa Aoife. 'Má fheiceann siad thú...'

'Cuir ort é!' arsa Éanna go fíochmhar.

Leis sin, rith slua fear **i ngaireacht dóibh**\* agus iad ag dul i dtreo dhoras tosaigh na mainistreach. Lochlannaigh ba ea iad, clogaid ar a gceann, gruaig fhada agus féasóg orthu. Bhí claimhte fada ina lámha acu, agus bhí cuma fhiáin orthu. Ba léir go raibh olc ina gcroí.

Chonaic Aoife go raibh fuinneog ar oscailt sa séipéal.

---

\* **driseacha:** toir a mbíonn dealga orthu

\*\* **i ngaireacht dóibh:** gar dóibh, cóngarach dóibh

'**Gabh i leith\***!' ar sí. 'Isteach an bealach seo,' agus
léim sí in airde ar leac na fuinneoige. Lean Éanna í.
Bhí an séipéal **ina phraiseach\*\***. Ar fud an tseomra
bhí lorg scrios na Lochlannach le feiceáil ar gach
taobh. Ba léir gur bhog siad ar aghaidh go seomra
eile nuair nach bhfuair siad aon rud luachmhar ann.
D'éalaigh Aoife agus Éanna trasna an urláir. Sheas
Aoife, cúl le balla, agus **thug sí spléachadh fáilí\*\*\***
trí scoilt sa doras.

Bhí níos mó Lochlannach ag teacht isteach sa
halla agus ag rith i dtreo an tseomra bia.

D'fhan Aoife go dtí go ndeachaigh siad thar bráid,
agus eagla uirthi anáil a tharraingt fiú.

'Anois!' ar sise le hÉanna, chomh luath agus
a bhí an bealach glanta os a gcomhair. Rith siad
**de sciuird\*\*\*\*** trasna an phasáiste agus thug
siad aghaidh ar an staighre. Bhí siad gan chosaint
anois, gan áit ar bith le dul i bhfolach, agus glór na
Lochlannach ar gach taobh díobh. Ag screadaíl agus

---

\*    **Gabh i leith:** tar anseo
\*\*   **ina phraiseach:** ina chiseach, an-mhínéata, trí chéile
\*\*\*  **thug sí spléachadh fáilí:** bhreathnaigh sí go ciúin, cúramach
\*\*\*\* **de sciuird:** go gasta, go tapa

52

ag briseadh troscáin le balla a bhí na Lochlannaigh uair nár éirigh leo taisce, seodra, ór ná airgead a aimsiú sa mhainistir fholamh. Faoi dheireadh, shroich Éanna agus Aoife barr an staighre gan tubaiste.

Amach an tseanfhuinneog leo go cúramach ar dhíon an tí.

'Imigh leat anois, a Éanna,' arsa Aoife. 'Beidh mé ceart go leor liom féin…'

'Ní dhéanfaidh mé dearmad ort go deo, a Fhinn,' arsa Éanna. 'Is tú an buachaill is cróga dár casadh orm riamh.'

Rinne Aoife meangadh beag gáire.

'An *buachaill* is cróga?' ar sí le meangadh gáire. 'Sin scéal eile, a Éanna.'

Leis sin, chuala siad Lochlannach **ag béicíl in ard a gcinn***. Bhreathnaigh Aoife go talamh. Bhí Lochlannach mór gránna ag an bpríomhdhoras, é ag féachaint aníos orthu. Bhéic sé rud éigin ina theanga féin agus d'fhéach a chomrádaí aníos chomh maith. Ba léir anois go raibh Aoife agus Éanna feicthe acu.

---

* **ag béicíl in ard a gcinn**: ag screadaíl chomh hard agus a d'fhéadfaidís

'Gread leat go beo, a Éanna!' arsa Aoife.

Thug Éanna na bonnaí as.

Rug Aoife greim docht ar an sceach gheal. Dhún sí a súile agus chonaic sí íomhá dá máthair ag fanacht uirthi. Níor tharla tada. D'oscail sí a súile go díreach in am chun an Lochlannach mór gránna a fheiceáil ag teacht amach an fhuinneog agus é ag déanamh uirthi go beo. **Ba bheag nár thit Aoife i bhfanntais\***. Díreach ansin, chonaic sí scata mór préachán ag teacht ina treo; a sciatháin ag bualadh, a ngob ar oscailt agus iad ag screadaíl. Bhí siad ag déanamh caol díreach uirthi. Chuir an Lochlannach a lámh amach chun í a ghabháil. Thóg Aoife a lámha in airde chun í féin a chosaint. Sciorr a cos. Síos, síos léi gur thit an dorchadas féin anuas uirthi. Bhí sí fágtha gan aithne gan urlabhra.

---

\*    **Ba bheag nár thit Aoife i bhfanntais:** ba bheag nár thit sí i laige

 an ghrian ag soilsiú anuas ar chaipín a súl. Go mall, d'oscail sí iad. Bhí triúir buachaillí ag féachaint anuas uirthi. Seán, Eoin agus Dara. Léim a croí. An bhféadfadh sé a bheith fíor? Bhí sí sa bhaile. Bhí sí ar ais ina ham féin!

'An bhfuil tú ceart go leor?' arsa Seán. 'Ar thit tú?'

Sheas Aoife suas, a cosa ar crith.

'Cén fáth an bhfuil an clogad sin ort?' arsa Eoin, agus straois air.

'Níl sé chomh héasca sin geit a bhaint asainn!' arsa Dara, agus é ag sciotaíl.

'Lig di!' arsa Seán. 'An bhfuil tú ceart, a Aoife?' ar seisean arís, agus **strainc imní air***.

---

\* **strainc imní air:** cuma bhuartha ar a aghaidh

'Tá mé togha,' arsa Aoife.

D'fhéach sí thart. Bhí an mhainistir ina seanfhothrach arís.

'Ach tá tú chomh bán le sneachta,' arsa Seán.

Bhain Aoife an clogad dá ceann.

'Ar fhan tú anseo thar oíche?' arsa Eoin.

'D'fhan agus níor fhan,' arsa Aoife, í ag smaoineamh ar Éanna agus ar na manaigh.

'Tá do mham thíos in aice na habhann...' arsa Seán.

D'imigh Aoife, **cosa in airde***, sa tóir ar a máthair.

'A Aoife! Céard atá á dhéanamh agatsa anseo?' arsa a máthair nuair a chonaic sí Aoife ag tarraingt uirthi. 'Cheap mé go raibh tú fós i do chodladh.'

'Ó, a Mham!' arsa Aoife, agus chaith sí a dá lámh thart uirthi. 'Cheap mé nach bhfeicfinn arís go deo thú.'

Ansin thosaigh Aoife ag insint an scéil ar fad di, ach stop a máthair í leath bealaigh tríd an scéal.

'Caithfidh gur ag brionglóideach a bhí tú, a stóirín.'

* **cosa in airde:** go han-tapa

Thaispeáin Aoife an clogad di, an clogad a bhí fós ina lámh aici, agus tharraing sí aird a máthar ar an róba a bhí á chaitheamh aici.

Thóg a máthair an clogad uaithi, í bán san aghaidh. D'fhéach sí air agus thosaigh a lámha féin ag crith.

'Seo... seo clogad Lochlannach...'

D'fhéach sí ar Aoife.

'Cá bhfuair tú é?'

'Tar liom, a Mham,' arsa Aoife, agus thug sí a máthair go dtí an phluais.

Rith Aoife isteach i dtosach. Thosaigh siad beirt ag tochailt san áit inár fhág sí taisce na manach tamall roimhe sin. Ba í Lámhscríbhinn Uí Néill an chéad rud a nocht siad. D'oscail máthair Aoife í go cúramach, ómós agus gliondar le feiceáil ina súile.

Ar imeall na leathanach, chonaic Aoife an préachán a tharraing sí. Thíos faoi, bhí pictiúr nua ann. Bhí cailín óg ina seasamh ar bharr na mainistreach agus scata préachán ag teacht ina treo. D'ardaigh croí Aoife. Obair Éanna a bhí ann

– bhí sí cinnte de. Bhí sé tagtha slán ó ionsaí na Lochlannach!

Ach ansin rith rud éigin léi go tobann: má tháinig Éanna agus na manaigh eile slán, cén fáth a raibh an stór fós sa phluais? Caithfidh gur tógadh an lámhscríbhinn ar a laghad ar ais chuig an mainistir má chuir Éanna an pictiúr sin leis.

Nuair a chuir sí an cheist sin ar a máthair, d'imigh cuid den ghliondar dá súile siúd agus tháinig cuma shollúnta uirthi. 'Chaith na Lochlannaigh roinnt mhaith blianta ag ionsaí mhainistreacha na hÉireann. Gach seans gur ionsaíodh an mhainistir seo níos mó ná uair amháin. Déarfainn gur bhain na manaigh úsáid as an bpluais seo am ar bith a raibh gá léi.'

'An gceapann tú gur tháinig siad ar fad slán?' arsa Aoife, imní uirthi agus í ag smaoineamh ar Éanna.

'Níl a fhios agam, a stóirín,' arsa a máthair. 'Ach más mian leat, is féidir linn roinnt taighde a dhéanamh le chéile féachaint an féidir linn é sin a fháil amach.'

Chlaon Aoife a ceann go tréan. Den chéad uair

ina saol bhí sí ar bís tabhairt faoi thionscadal staire.

An tráthnóna sin, thóg Aoife agus a máthair an stór uile as an phluais. Shiúil siad trasna na páirce, thar an seandroichead, iad ag caint is ag gáire, a saol athraithe go deo na ndeor.

Sheas préachán fánach ar bhalla ársa na mainistreach ag faire orthu, mar atá déanta ag na préacháin ó thús ama.